사이사이 풀풀

우리들 사이에 풀이 있었으면

안난초
식물 만화

"왜 이렇게 식물을 키우는 걸까?"

"식물이 있으면 뭔가 달라질까?"

"내가 식물을 키워도 될까?"

작은 초록이 주는 기쁨을

아직은 모르는 당신께

프롤로그

컷과 파마의 집
와아!

파마의 집
오오오!
뭐야, 뭐야!
정말 멋져!
여기 좀 봐!!

이리 와봐!
식물이 진짜 많다고!
뭔데 그리 호들갑이냐~
와~

저런 곳도 화분으로 꽉 찼어!
쪼그만 다육이도 짱 많아!
고무나무가 이렇게 크다니….
흠… 확실히 우리 엄마를
뛰어넘은 분이군.
…
어렸을 때 우리 집에도
저런 나무 벽이 있었는데!

조잘 조잘
꼭 식물원 같지?
진짜 오래 됐나 봐.
낄낄
안 갈 거야? 해 다 지겠구먼!
등산하기엔 벌써 늦었다고~
잠깐만, 사진 좀 찍고~
오늘은 영업을
안 하나?
별이 잘 드네.
기웃
기웃

응?
안쪽에 방이 있나 봐!
그러게.
이렇게 식물을
잘 키우는 사람은
어떤 사람 일까?

궁금해.
머리할 때 와보면 되겠네.
요즘도 보자기 쓰려나?
컷과 파마의 집.
쓰던데?
응?
저기 간판에 적혀 있어.
아?!
그렇네.
컷과 파마의 집
태
Hair Sa

컷과 파마의 집
태양 미용실
Hair Salon
컷과 파마와
식물의 집이군.

그런데 말이야.
왜 이렇게
?
?
식물을 키우는 걸까?
응?

여기 둘레길
맞아? 다리
후들거려!
내일
못 걷겠다.
등산화 필요 없을
거라며~~!!!
저번에는 그렇게
힘들지 않았는데…
조심해서 내려와.
축하합니다!
일일 운동량을
300% 초과
달성했습니다!

홈마트
어묵 왜 이렇게 맛있어?
하나 더 먹을래!
그래라~
오뎅

등장인물 소개

온우

33세 | 프리랜서 일러스트레이터

- 사는 곳: 원룸
- 좋아하는 것: 책, 도서관, 둥근 테이블
- 꿈꾸는 것: 욕조가 있는 집

하주

33세 | 카페 운영

- 사는 곳: 아파트
- 좋아하는 것: 베이킹, 요리 프로그램 보기
- 꿈꾸는 것: 강아지 키우기, 엄마와의 휴가

서빈

32세 | 출판사 편집자

- 사는 곳: 오피스텔
- 좋아하는 것: 주류, 조용한 곳
- 꿈꾸는 것: 와인 공부

현덕

76세 | 가드너

- 사는 곳: 상가주택
- 좋아하는 것: 생선 구이, 산책
- 꿈꾸는 것: 자동차 운전

양선

56세 | 미용사, 현덕의 딸

- 사는 곳: 상가주택
- 좋아하는 것: 찜질방
- 꿈꾸는 것: 흙집에서 살기

정희

55세 | 약사, 하주의 엄마

- 사는 곳: 아파트
- 좋아하는 것: 맥주, 드라마 시청
- 꿈꾸는 것: 해외 식물원 탐방

복춘

62세 | 가드너

- 사는 곳: 단독주택
- 좋아하는 것: 영화, 동물들
- 꿈꾸는 것: 피아노 연주

민우

30세 | 출판사 편집자 겸 사진가

- 사는 곳: (부모님의) 아파트
- 좋아하는 것: 여행
- 꿈꾸는 것: 제주도 1년 살기

1화. 뿌리가 없어도

햇 감자
100g 485원
고구
100g
신의 선물!
감자!
감자가 좋네~
카레는 어때?
휙!
카레?
킁킁
어제 먹었는데.
버섯 넣어서
크림 파스타 할까?
샤부샤부
해 먹기로 했잖아~
집중!
알배추

배고파서
다 먹고
싶다고!!
또 시작이군
얼른
장 보고
가자!
그럼
버섯은
샀고~
떡!
떡은 꼭
넣어야지.
시식하고
가세요~
오,
맛있겠다!
이건 뭐야?
신제품
만두
빨리
가자며~!
고기랑
소스 사서
가자!
구경하고
주류 코너로
와!
아 참,
맥주!

냄비는 이거 쓰면 돼?
달그락
응. 그게 큼직해서 좋아.
서빈아! 냄비 헹구고
물 좀 받아서 올려놔주라!
그리고 야채 손질은…
하면서 맥주를 마시자.
한 캔 줘?
푸슉
BEER

응, 나도
마실래!
나도~
자,
여기.
앗! 이거
까먹을 뻔~
뒤적
집에 다시
가져갈 뻔~
뭔데?
엄마가
온우 주라고
해서 이 몸이
챙겨오셨다.
부스럭
저번에
아이비 보고
좋아했다며.

물에 담가 두면 뿌리가 나온대.
그럼 그걸 흙에 심거나 물에 그대로 계속 둬도 되고.
아이비~ 좋아! 예쁘다.
물병 없어?
아줌마께 감사하다고 전해줘~
근데 진짜 신기해. 뿌리가 없어도
살아 있을 수 있구나.

이렇게 꽂아두면 된다고?
그거 뿌리 내리면
진짜 빨리 큰대.
예뻐! 초록색 별 같아.
여기다 둬야겠군.
멸치 똥은 다 뗐어?
친구 왔다!

옆에 있는 식물들은
크고 있는 거야?
음… 모르겠어.
거의 그대로야.
너무 빨리 커도 안 돼!
조그매서 산 거란 말이야.
국물 내야겠다. 하주는 야채 씻어줘.
꿀꺽 꿀꺽
잠깐만~ 멸치 몇 개 먹게 남겨줘.

보글 보글
와, 비주얼!!
분기별로 먹어줘야 한다니깐!
잠깐! 짠~ 하고 먹자.
이미 마시고 있었잖아??
짠~!
국물 줄까?
떡 줘!
떡 다 어디 감?
오~ 맛있네

이따
칼국수!
꼭!
당연하지.
죽까진
무리려나?
죽도
먹어야지~
아이비는
향이
있어?
향?
아까 받았을 때는
못 느꼈어.
나중에는
꽃도 피나?
꽃에선
향기가
날까?

음…
아이비에 꽃이
폈던가??
엄마는 알 텐데.
다음에는
하주네 집에
모이자.
아줌마 뵌 지도
오래됐어.
이제 칼국수
넣을까?
그럴까?
엄마가
좋아하겠다.
…
잎에는
향이
없네….
온우야!
화장실
휴지 없어!
잘 자랄 수
있을까?

아이비, 너도 키울 수 있어

1화에 출연한 아이비에 관한 짧은 이야기를 해볼까 합니다.
작가
온우의 서랍장 옆에 자리한 이유
아이비 물꽂이를 한 뒤에는 직사광선을 피해 자리를 잡아주세요.
물꽂이를 하고 약 2주 정도 시간이 지나면
물은 1~2일에 한 번씩 갈아주기!
가지 마디에서 뿌리가 나오는 걸 볼 수 있다고 해요.
참, 아이비도 당연히 꽃이 핍니다. 향기는 거의 없다고 해요.
Hedera helix
Flowers
자생지인 유럽 등지에서 꽃을 볼 수 있겠지요?
뿌리가 나온 아이비는 배수가 잘되는 흙에 심어주세요.
자꾸 번식에 성공한다면 주변에
아이비 나누미가 될 수도?

2화. 떠도는 시간

온우는 서가를 좋아합니다.
식물… 돌보기…
책들이 모여 내뿜는 종이와 잉크 냄새를 맡으면
숲 해설가?
시나리오?
책과 자신만이 존재하는 듯,
다양한
책이 있구나.
새로운 시공간 안으로 들어온
기분이 듭니다.
궁금하군

신도
도원향
상아탑
옥춘
염좌
화제
도원향?
다 한문이네.
다육이는
이름이
어렵구나.
분갈이…
보자, 뭐가
필요하지?
마사토랑
적옥토?
강모래는
또 뭐야?
다육식물
다육식물
키우기
에잉,
필요한 게
많잖아?
다육이 몇 개
있지도 않은데.
귀찮네~
지이잉

무슨
일이지?
자료실
설마
수정인가
지이잉
자료실
여보
세요?
안녕하세요!
네, 네… 에…
수정이요?
저번이 분명
마지막이라고
하셨었는데…
아… 그건
어쩔 수가
없겠네요.

그럼 메일
확인하고
연락드릴게요.
휴….
진작 끝난
일인데,
너무하네.
다른 마감도
있는데…
너무
스트레스
받지 말자.
쓱쓱
해치우면
되니까

엉~
조심
조심
슬슬…
책 빌려서
작업실로
가야겠다.

도서 대여
도서 반납
이렇게 세 권 빌리려고 하는데요.
네. 잠시만요.
아, 고양이다!
쭈쭈쭈~
휴~ 책 때문에 무거웠어.
다 왔다~

슥슥슥
아까 빌려온
책이나
보고 싶구만.
메일
보내면서
입금은 언제 되는지
물어봐야지.
되었나…?
됐군.
진짜
끝이다!
노 모어
수정!

지이잉~
다음 마감은 언제더라?
이건 금요일까지 스케치해서 보내고
다음 주에 컬러 작업하면 끝이군.
요즘 작업 의뢰가 뜸하네….
일이 계속 들어와야 할 텐데.
달칵

왔어?
늦었네?
빙글
하아…
황당하네….
왜 그래,
무슨 일 있어?
너 작업실
주인 언니한테
얘기 못 들었어?
응?
무슨 얘기?
들은 거 없는데.
결혼
한다고.
작업실
정리한대.
!
여기 비우고
신혼집 보증금
마련한다나.

이번 달 말일까지 비워달래.
벌떡
뭐라고! 이렇게 갑자기???
내년까지는 안 옮길 줄 알았는데….
떠돌이 인생 싫다~
이사를 또 해야 돼…
마감도 있는데 진짜 너무하지.
온우, 너! 나랑 같이 작업실 얻을래?
어때??
둘이 보증금 합치면 가능하지 않겠어?
어… 어쩌지…
생, 생각 좀 해보고….

3화. 기분 좋은 흙냄새

HAJU COFFEE
먼저 나가 있을게요.
기다려 봐~
하나는 아이스였지.
이거 두 잔 나가면 주문 끝인가?
주문하신 음료 나왔습니다~
거봐, 금방이지.
고마워요~
차가운 커피 주문이 늘었네.
안녕히 가세요!

슬슬 더워지려나 보군.
정신 없었다.
아이고오~
배고프고~
꼬르륵~
다리 아파~
빵 말고 밥 먹고 싶은데
이따 저녁에는 순댓국 먹어야지.
부스럭
어디 보자… 잊기 전에 아이스 용기 주문하고.
우물
우물
딸랑~

히히.
마리
왔어?
어서 오세…
뭐 해? 밥은 먹었어?
빵 먹고 있었지~
먹을래?
됐다
마리
그럴 것 같아서 김밥 사왔지~
오! 어제도 먹었지만…
여기 멸추 김밥 맛있다고~
멸치랑 고추의 조화! 잡숴봐~
먹을래?
참치 김밥은?
참치도 있어

어때?
잡술 만해.
오늘은 어떻게 시간이 났어?
작업실 짐을 빼야 해서 집으로 옮겨놓고
답답해서 나왔어.
정리하기 귀찮아
엠?
이사해? 왜?
거기 몇 년은 있을 거라고 했잖아.
그럴 줄 알았는데

작업실 주인 언니가 결혼한다고
정리를 해야 한다는 모양이야.
에잇 진짜!
작업실 이사만 벌써 몇 번째야!
서러운 떠돌이 신세!
벌떡
집에서 일하면 안 돼?
기웃
기웃
작업실 구하기 전까지 여기로 오든가~
여기 오면 너랑 놀 것 같아서 안 돼.
밖으로 나가긴 해야 하는데….
모르겠다

음…
우리 같이 봤던 그 미용실 있잖아~ 기억나? 식물이 많던…
휙
거기가 계속 생각나.
거긴 왜?
임대 뜬 것도 아닌데 생각나면 뭐 해.
다 먹었당
부스럭
그런 비슷한 자리를 알아보든가.
그래야…겠지….
멸추 김밥 남았다. 더 먹어!

맛없어?
난 이게 좋던데.
좋아하는
사람이
먹어야지~
우리 엄마는
좋아할 듯~
손님이 없으니까
조용하니 좋네.
이하주!!
으음?
식물들
물 줘야겠어!
잎이 아주~
시금치
데친 것마냥
축 처졌다!
시들

헉!
왜 이런 거지?
물 주는 거 완전히 잊고 있었어.
죽지는 않았겠지?!
식물 좀 그만 죽여라~
이 식물 저승사자야!
엄마가 사다준 거라 절대 절대 살려놔야 해.
쏴아
잔소리 할 거란 말야.
내가 물 줄래!
자~
응!
살려놔 줘.
쪼르르

호…!
흙냄새가
올라오네?!
다 줬어?
물 더 필요해?
응! 한 번만
더 채워줘~
흙냄새를
맡으니까
기분이 좋네.
좋다…
뭐 해?
멍하니.

다음 달에 언제 쉬어?
서빈이랑 식물원 같은 데 갈까?
갑자기 웬 식물원?
화분에 물 주고 있으니까 흙냄새가 나서 좋더라고.
그런데 가면 서빈이가 좋아할 것 같아.
흙냄새? 난 왜 그걸 몰랐지?
어디가 좋은지 아줌마한테 물어봐주라.
??
알았어. 서빈한테 연락해본다? 언제 쉬는지?
엄마가 저번에 어디 식물원이 좋다고 했는데….

한 시간 뒤
톡
톡, 투둑
톡!
?
무슨
소리지?
톡
톡
응?
움직였다!
하주야,
이리
와봐!
소리가 나서
봤더니
벌써 이렇게
잎이 올라왔어!
오! 진짜
그렇네~
앞으로 네가
물 주면 되겠다.

4화. 매일 같은 자리에서

COFFEE
잘 들어 가슈~
갈게!
어디가 좋을지 알려줘~
바람이 좋군.
가만, 그 미용실 쪽으로 가려면…
FLOWER
3F OO
2F XX
다미떡
이 길 건너편…
여기 어디였는데?
부우웅
앗, 저기다!

저 분이
미용실
원장님?

컷과 파마의 집
태양미용실
Hair Salon
저 자리 에서
매일 같은 일을 하셨구나.
엄청나게 많은 식물들 옆에서 말이지.
태양미용실
흐음…
휙
BUS
나중에 한번 들어가봐?

탁!
많이 걸었다. 발 아파.

이거랑 이거
꺼내놓고….
뒤적
빌려온 책 반납일이 언제더라?
읏차!
연락하기
자주 볼 책은 여기에~ 두고~

얘네 이름을
찾아보려고
했었지.
향기나는
식물?
다육식물
키우기
깁바에움
라피다리아
글로티필룸
알뷰핀펜드
디아

다육이는 비슷비슷하게 생긴 애들이 왜 이리 많아?
헷갈리네
쟤는 이름이 무엇이다냐….
힐끗
이렇게 생겼는데…
요건가?
이건가? 비슷한데.
아,
백도선 (상아단선)
puntia microd-
ys albispina
이거다!

'백도선'
이라…
의외의
이름이군.
그리고
걔는….
?
?!
???
뒤적
뒤적
뭐지?
이름을
못 찾겠어!

5화. 알아차리기

에어컨
켤까요?
네!
더워요~
빡
이제 아이스
아메리카노
마셔야겠어.
전
사계절
아아
예요.
대리님도
한겨울에 아아
드시잖아요.
서빈 씨,
열이 많은가
봐?
둘 다
아닙니다.
그…빈혈이
있으면 얼음 많이
먹는다던데.
평소에
어지럽다거나
그런 증상
있으세요?
아니요,
아~주~
건강합니다!
이제 회의
시작할까?

요즘 식물 관련
책이 쏟아져
나오던데
어떤 게
괜찮았어?
확실히
실용서도
많아지고
에세이나
전문 서적도
늘었어요.
실용서는
구성이
비슷한
경향이 있고
에세이가
호응이 좀
있고요.
이런 거랑
이런 거
또 이거
…

주간 회의
덜그럭
길어지네…
오후에 원고 봐야 하는데.
아직 첫 장도 못 넘겼지….
이 책 표지 그림 좋죠!
에세이랑 일러스트가 같이 묶인 건 없을까?
아!
『식물생활』이라는 만화책이 있어요.
웹툰 연재하던 거 묶어서 단행본으로 나왔던데.

목소리가 커졌어.
저는 나오자마자 샀어요.
책은 많이 안 팔린 것 같지만요.
식물생활? 제목 괜찮네.
서빈 씨, 그때 말한 작가 있잖아.
정원 가꾼다던…
컨택해봤어요? 빨리 잡아야 할 텐데.
네, 메일 드렸어요.
아직 답이 없으셔서 진행된 건 없고요.

그럼 그건
좀 기다려
보고…
이번에 현명한
작가 개정판
누가 맡을래?
…
지이잉~
회의실
하주
정서빈! 이번
달에 연차 쓸
수 있어?
온우가 소풍
가재. go to
식물원!

식물원 소풍?
연차 내고?
크크…
표정 봐.
에잇
가? 일은
계속 많을
테니까….
?!?
언제부터
여기에 화분이
있었지?
이 앞을
수백 번은
지나다녔는데
몰랐어.

쭈글
쭈글
슬금 슬금
킁킁
향기는
딱히 없네.
누군가
물은 주고
있겠지?

대리님! 답신 왔어요~
어떤 분이요?
그, 강릉에 계신다는 정원사 분이요~
인사도 할 겸, 정원 구경하러 오라셔요~
가실 거죠? 가요! 바다도 겸사겸사 보고~
강릉… 가야겠지.
오늘은 초대받는 날인가.
서빈 편집자 안녕하세요? 정원사 복춘입

6화. 또렷이 보는 법

어어…
꽤 넓은데?
식물원 지도
한 바퀴 다 돌아보고 갈 수 있을까?
다 돈다고?!
온 김에 한 바퀴 돌고 가자~
아침 안 먹어서 배고프단 말야!
그러게 뭐라도 먹고 오라 그랬지!
온실부터 갔다가
온실
전나무 숲
숲 산책로
여기 가운데 숲 산책로를 지나서~

전나무 숲까지 들렀다 나오는 순서?
어때? 괜찮지?
응. 나는 좋은데, 하주 좀 봐라.
자, 우선 이거라도 먹어.
이따 메뉴는 내가 먹고 싶은 걸로 고를 거야!
그래라~
안녕 하세요~
자! 그럼 가보실까나?
초코바 맛있네.
… 순서로 돌아볼 건데요.
마지막 코스로 전나무 숲을 돌아 나오도록 하겠습니다.

저분들 우리랑 방향이 같은데 따라가볼까? 설명도 듣고.
복작거리면 시끄럽잖아~ 우리끼리 다니자.
중학교 때 와보고 이게 얼마 만이냐~
와, 저 나무 좀 봐!
저벅 저벅
흙길 오랜만에 걷는 거 같아.
오, 가지가 엄청 두꺼워.

키 진짜 크다.
나한테 십 센티만 줬으면~
여기 좋은 향기가 나!
무슨 나무지?
어디, 어디!
정말 이네?
향기가 난다.
어때?
오길 잘했지?

엄청나네~
잎이 천장에 닿았어.
다육이 귀여워~
선인장 진짜 크다!
온실 안에 있었더니 땀이 나네, 더워~
… 숲의 이름은 그곳에 많이 자라는 나무의 이름을 따라 지어요.
나도 물~
전나무는 공기가 좋은 곳을 좋아해요. 전나무가 자라는 곳이면 공기 질이 괜찮다고 볼 수 있죠.

그럼, 전나무
숲으로 좋은
공기를 마시러
가봅시다!
우리도
따라가볼까?
설명 들으니까
좋은걸?
복작거려서
싫다며~
헤헤,
저분들
조용하시네~
느실
느실
샤아

진짜 공기가 상쾌한 거 같기도 하고?
높다!
높아!
헉! 저기,
저기 좀 봐!
왜 그래?
왜 그래!!
뭐야, 뭐!!
작은 전나무들 너무 귀여워…

뭔가 했네. 깜짝 놀랐잖아.
귀엽긴 하네….
많이도 심었군.
이렇게 다닥다닥 붙여서 심어도 되는 건가?
… 전나무는 빛이 약하게 들어오는 곳에 자리를 잡습니다.
특히 어린 나무일수록 약한 볕을 좋아해요.
너넨 언제 다 클래?
별이 닿기 힘든 깊은 숲속에서도
잘 살 수 있지요.
나무라고 다 강한 빛만 좋아하는 게 아니구나.
그래서 살 수 있는 곳이 있네.

저기 벤치 있다!
앉아서 쉬자~ 간식도 먹고!
그래~
샤인머스캣 싸왔지~
다른 건?
에고고.
자! 참외도 있지~
킁킁
오~ 땡큐!

서빈이
뭐 하니?
냠
전나무는
향긋한 냄새가 나.
맡아봐.
그래? 조금만
쉬었다가.
쏙

삐— 삐—
졸졸졸—
찌르르—
킁
서빈이 신나서 계속 킁킁거려.
숲에 오니까 좋아?
코가 뻥 뚫렸어?

크크크,
따라 한다.
서빈이
기분 좋네~
이렇게
단단하게
서는 게
중요하대.
요가
시간에
배웠어.
단단하게?
어떻게?
왜
중요해?

먼저,
골반 너비로
발을 벌리고
따라
해봐.
발바닥
전체에서
뿌리가 내린다고
상상해봐.
균형을
맞춰서.
힘이 바닥
전체에 고루
가도록.
그럼 뭐가
달라져?
이렇게?
나무
처럼?
음…
중심이 잘
잡히지.
나는 그렇게
서보니까
어떤 막이 살짝
걷힌 것처럼
앞이 더
또렷하게
보였어.

그런가?
똑같은데?
나무다!
...
이제 가자!
뭐 먹지?
도토리묵! 파전!
막걸리!
와서 좋았다.
응!
응.
또렷해지는 곳이었어.

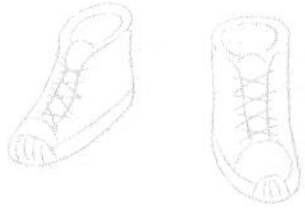

구화. 저녁의 산책

떡볶이
없대?
왈!
옥수수
주세요
꽈배기
설탕 묻혀
주세요!
구운김
꽈배기
꽈배기?
갓 튀겨서
꼬숩네.
오랜만
이다.
오물오물
과일

어라, 시장 안에도 식물 가게가 있네?
종류가 꽤 많잖아?!
호오…
다육이도 많고~ 귀엽다!
제사떡 폐백 떡
얘도 신기하고 오… 얘도 예쁘다!
쪼그매…
다육이들 네 개 오천 원! 물 자주 안 줘도 잘~ 큽니다!

오천 원이요? 여기 있는 거 고르면 돼요?
네! 골라보세요. 잘 큽니다~
그렇다면…!
빤~
어?
향기로워! 무슨 냄새지?
모기 쫓는 구문초

사장님! 저기 있는 구문초도 잘 크나요?
쟤는 별이 강하면 잘 살아요.
구문초로 하나 드릴까?
그리고 이거랑 이거랑
이거
얘까지 할게요!
네! 주세요!
잘 키워요~
네~ 많이 파세요~
히히, 기쁘다.
서빈이가 좋아 하겠지?
상큼한 향기야!

한우 축산
집에 있는 다육이랑 같이 분갈이 해야겠다.
작업실 짐이 쌓여 있는 걸 깜빡했네….
너무 많이 샀나?
엄마, 저녁에 삼치 구워드릴까?
그랴~

삼치 두 마리 주세요~
물이 좋네.
손질 해주시죠?
저분은… 그 식물이 많은 미용실의!
이리 줘요.
만 원 드렸어요.
부스럭

들어가세요~
또 올게요~
엄마, 같이 가요!
돌돌돌
어여 와~
붕어빵
뭐가 그리 급해요!
짐도 많아서 힘들다고!
할머니 기운이 좋으시네….
(방향이 같다)
엄마! 차 와요!
그래~ 나도 봤어~
빵빵
좀 기다리슈! 젊은 양반!
거참~
왜 계속 보게 되는 거지….

돌돌
살랑 살랑
멈칫

덜컥
아이고~
무거워서 혼났네.
생선 너무 바짝 굽지 마.
된장찌개는 엄마가 끓여주세요.
너무 맵지 않게~
장을 보고 가게로 들어가시네?

저 먼저
2층
올라가요~
2층?
2층이
있구나.
뭘 들고
나오시는
거지?

영차
에구, 무거워라
배양토
털썩
배양토
응?
머리하시려고?
오늘은 쉬는
날이오~

아~ 네!
내일 와요~
깜짝이야.
휙
구문초를 샀나? 잘 샀네.
걔는 햇빛을 좋아해요. 물만 잘 주면
분홍색 꽃도 피고.
?!
꽃도 피는군요?
나도 몇 해나 꽃을 봤거든.
잘 키워봐요. 향기가 상긋하니
공들인 게 아깝지 않어.

상긋?
잘 키워볼게요. 고맙습니다.
응,
무얼.
안녕히 계세요.
잘 가요.
미용실의 식물들…
할머니가 기르는 것일까?
조만간 미용실에 들어가 봐야겠어.

8화. 주고 싶은 향기

까악
끼야아옹~
쿨~
z z z
관엽식물 어떻게 키울까
다육식물 도감
우웅~
꺄아옹~
으으,
시끄러워….

끼야아옹~
고양이들 또 싸우네.
왜 또 싸우냐~
끼양!
우다다다
싸움이 드디어 끝이 났군.
잘 만큼 잔 것 같은데
이제 일어날까….
어제 너무 늦게까지 했나.
지금 몇 시…?
히익! 열한 시? 얼른 씻자!
벌떡!

쏴아아아
위잉
휴대폰이랑 지갑 챙겼고.
아!
중요한 거 빠뜨릴 뻔~

탁탁탁
상반기 주요 도서 목록
분야: 에세이
1. 저자
지잉
온우 님에게서 메시지가 도착~
서빈아, 나 지금 너네 사무실 앞이야.
5분만 시간 낼 수 있어?
온우가? 웬일이지?

야옹이를
만났군.
쭈쭈쭈~
오?!
빨리
왔네?
휴대폰 보고
있었구만?
깜짝 놀랐네.
어쩐 일로 왔어?
너 생각나서
샀는데 빨리
줘야 할 것
같아서.
어제 시장
갔다가 샀어.
갑자기
웬…? 식물?
향기 맡으니까
네가
생각나더라고.
냄새
맡아봐!
아주
상긋해~

이름은
구문초야.
상긋?
크크
어때?
좋아…!
아주 좋은데?
근데 곧 미팅
있어서
커피도 못
마시겠다.
괜찮아~
근방에서 또
약속 있어.
잘 키워줘!
햇볕을 좋아한다
그랬어.
간다!
빠잉~
이따금
사람을 놀래킨
다니까?

온우야!
깜짝이야
왜?!
구문초 이름은 무슨 뜻이야?
아, 모기!
모기 쫓는 풀이래!
자세한 건 찾아봐~ 간다!
모기가 싫어하는 냄새가?
킁킁
킁킁
이렇게 향기로운데. …상큼한, 상큼한…?

9화. 와보게 됐어요

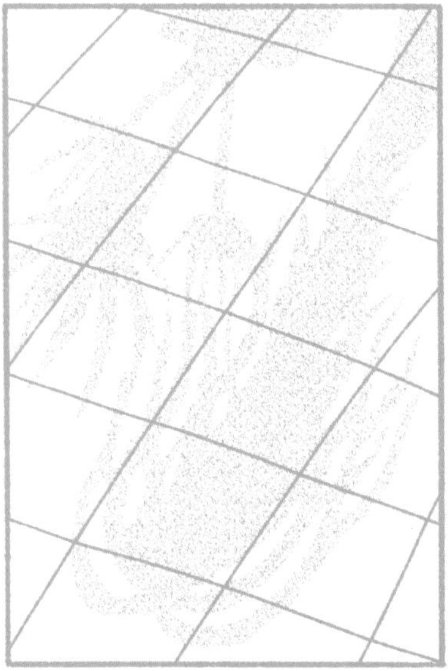

컷과 파마의 집
태양미용실
Hair Salon
컷과 파마의 집
흠…

들어가?
진짜 들어가봐?
컷과 파마의
이런 동네 미용실은
얼마 만이지?
컷이랑 파마를
하는 건 너무
큰 모험이고
염색! 그래,
염색 정도는
해보지 뭐.
요즘
흰머리도
늘었잖아?
해보자!
들어가자!
고추 모종 →
스윽
벌써 자리를
잡았군.

안녕하세요~
어서 오세요. 머리 하시게요?
네. 저… 염, 염색 하려고요!
기다리면 될…
잠시만 소파에 앉아서 기다려요~
앞 손님 거의 끝나가요!
예~
힐끗

어쩜 이렇게 식물들이 건강해 보이지? 반짝거려.
호…
오래된 탁자다.
이 위에도 식물이 있네.

오늘 오후에는 소나기
소식이 있겠습니다.
하주네에도
이런 식물이
있었던 것
같기도 하고….
방에서
들려오는
소리다.
할머니가
계신가?
다 됐어요.
수고하셨
구만요~
어유~ 컬이
아주 잘
나왔네!
파마를
하셨구나.
호호,
뽀글뽀글
하다고 우리 딸이
싫어하겠네!
두어 달 뒤에
다시 오세요~

염색하신다고요? 이리 앉으세요.
무슨 색으로 하시려나~
네!
우리 미용실은 처음이죠?
새치가 좀 있네요.
네, 그래서 왔어요.
갑자기 많아지더라고요.
밑의 머리색이랑 맞추면 될까요?
네… 어색하지 않게요~
조금만 기다려요.
약을 준비해야 해서~

손님이
나 혼자네.
달그락 달그락
삭삭

식물 구경이나
하고 있자~
휙
물끄러미
어라!
저 다육이는?!
이름 찾다
포기한 앤데?
엄청 크다!

이름을 알고 계시려나? 여쭤볼까?
식물 좋아해요?
아! 좋아해요.
그럼 고대로 있어요. 약 바르는 동안 보면 되겠네.
치덕 치덕
슥슥
식물들 진짜 많죠? 우리 엄마가
식물을 워낙 좋아하셔서 이렇게 됐어요.
미용실이 아주 온실이야, 온실.

그래서
좋은데요!
그래도 너무
많지~
저는 사실
식물이 많아서
여기에
와보게
됐어요.
어머!
그래요?
엄마가
좋아할
얘기네~
전해
줄게요.
네…
졸려….
꽃과 파마의 집

손님~
일어나요.
머리 헹굴게요~
톡톡
쏴아
오오….
개운해…
개운하다!
염색이 잘
먹는
머리네~
위잉~
자연스럽게
잘 됐어요.
말끔해졌어.
진작 와볼 걸
그랬나?
선아~

엄마, 왜요~
이리 와봐~
잠깐만요!
다 됐습니다.
영수증 줄까요?
선아~~
괜찮아요.
안녕히 계세요.
고마워요~ 또 와요!
햐~ 개운해졌다! 조용해서 좋았어.

꽃과 파마의 집
앗!
재!
이름을 못
물어봤잖아?
다음에
또 와서
여쭤보자.

10화. 서로의 약속

쏴아아
쏴~
슥슥
우르릉~~~

광!!!
아이쿠! 깜짝아!!!
쏴아아
이크! 비가 다 들이치잖아?
엄청나게 쏟아지는군….
드륵
올해는 비가 진짜 자주 오네.
이제 그만 오면 좋겠는데.
저번처럼 비 샐까 봐 무서워!
지이잉~

지이잉
하주
하주가 이 시간에 웬일이지?
응, 어쩐 일이여?
온우야! 너 지금 바빠!!??
응? 작업하고 있는데… 왜?
있잖아…
어?? 뭐라고!
알았어! 금방 갈게! 메시지 남겨놔.
응응, 알았어.
어이쿠 어쩌다가!
허둥지둥

응급실
자방 병원
휴, 쫄딱 젖었네….
본관? 별관? 몇 층이랬지?
INFORMATION
온우야!

하주야!
아줌마는 어떠셔?
엄마는 크게 다친 건 아니래.
와줘서 고마워
나도 연락받고 당황해가지고… 전화했어….
방사선과
잘했어, 잘했어~
그래도 아는 얼굴 보이니까 좀 안심된다.
추욱
비가 와서 아파트 현관이 미끄러웠나봐.
꾹
넘어지면서 머리도 같이 부딪혀서… 놀랐어.

심각하지는 않은데 입원 하면서 상태를 보고
검진 결과 기다리고 …
며칠 입원 하래.
그 정도라 다행이다.
엄마는 약국 걱정부터 하는 거야. 정말…
어지러워해서 …지켜봐야지.
여기야.
엄마! 온우 왔어.
아줌마~

오~~
온우 왔네!
오랜만이다.
엄마!
목소리가 커!
쉿!
아,
이어폰 껴서
그랬지~
하주 전화 받고
왔어요.
깜짝
놀래가지고….
좀
어떠세요?
괜찮아.
크게 다친 것도
아니고.
보험비로
검사 이것저것
받는 거지 뭐.
약국 문 며칠
닫는 게
걱정이야.

속 좋은 소리만 한다니까.
약국은 좀 잊고! 목 아프다며.
그건 원래 안 좋았던 거고. 좀 앉아라.
여기 앉아.
응
저녁은? 밥 먹어야지.
가서 밥 먹어라.
여기 있어봤자 힘만 들어.
방금 왔어.
숨 좀 돌리고 보내.
서빈이는 마감 있어서 못 왔어요.
죄송하다고 전해달래요.
뭘 와~ 쉬다 갈 건데.

참, 너네 수목원 갔었니? 거기 좋지?
아! 정말 좋던데요?
전나무 숲이 멋졌어요.
거길 가면 나도 전나무 숲에서 도시락도 먹고
벤치에 누워 있다 나오고 그래.
커피도 가져가서 한~참 있다가 오지.
그럼 코가 뻥~ 뚫린다?
하주 쟤도 비염 있어서 자주 가야 하는데.
그럼 얼른 퇴원하고 같이 가.
온우랑 밥 먹고 다시 올게.
엄마는 좀 쉬고 있어.

오긴 뭘 와.
너도 집에 가.
여기서
잘 거야.
너 옷도
그러고 왔잖아.
가서 자고
출근해.
싫어.
고집부리지
말고 집에 가.
그리고 너 집에
가서 꼭 할 거
있어.
뭔데?
뭐 챙길 거
있어?
응,
있지. 아주
중요한 거.
자고 내일
아침에 일어나서
화분들 물 주고
출근해라!
이틀에
한 번씩!
꼭!
잊지
마!

11화. 기억할 이름들

가~
무슨 일 있음 전화해.
갈게요~ 쉬세요!
진짜 대단한 고집이야.
혼자 계셔도 될까?
그러니까 말이여.
후우
하주야! 너네 집 가서 밥 먹고
오랜만에 자고 갈까?
너 시간 괜찮아?
나는 좋은데….

집에 라면 있어?
응, 있을 거야.
톡
톡
톡
엄마가 집에 라면 떨어지는 걸 못 봐.
그래도 괜찮아 보이셔서 다행이야.
병원에 얼마나 더 계실까?
내일 결과 나오는 거 들어봐야지.
여기에서 넘어지셨구나.
도착하니 비가 그치네.
104

빡빡
빡 빡
멈칫
왜 그래? 벌레 있어?
안 들어가?

이상해.
엄마가 거실 불을 항상 켜뒀는데
티브이 소리도 안 들리니까 어색해.
난 또 뭐라구….
그럼, 불을 켜고
탁
그다음, 리모컨이 어디 있나~
안동의 먹거리를 둘러보겠습니다~
꾹
티브이를 틀면 되지~

자! 앉아서
좀 쉬어.
오늘 정신
없었지.
응
토닥
라면 내가
끓일게.
어디…
계란
넣을까?
냄비는 이거
쓰면 되지?
보글 보글
그러고 보니
점심도 안
먹었어.
먹으니까
눈이
뜨이네.
후룩
잘
먹는군.
많이
먹어라~

포도 있는데
먹을래?
까만 포도야?
응.
달그락 달그락
내일
병원에 다시
가볼 거지?
우선 카페
갔다가…
오후에
가려고.
내일은 장맛비가
소강상태에 들어갑니다.
아침에 식물들
물도 줘야
하잖아.
얼른 씻구
일찍
자야겠네.
그래야지.

넌 걔네 이름 다 알어?
아니. 고무나무 정도는 알지.
아줌마는 다 아시겠지?
오래 키웠으니까?
베란다 나가봐.
왜?
보면 알아.
뭔데? 뭘 봐?
끼익

뭘
보라는 겨~
화분 잘
봐봐.
?
벵갈고무나무 Ficus ben
장미목 뽕나무과 / 생육온도 21~
배수 중요
앗! 크크크.
알로카시아
Alocasia odora
택사목 천남성과
필로덴드론 비핀
Philodendron
택사목 천남성과
여기도
이것도
저것도
휙휙
이름이
다 쓰여
있네?

저번에 책을 엄청 사더니 다 써놨어.
대단하지.
나도 써놔야 겠어.
큭큭 멋지다.
일어난 김에 지금 물 줘야겠다.
끼익
정희 씨와의 약속을 지켜보자.
온우 네가 줄래?
물 주는 거 좋아하잖아.
응!! 내가 할래!
이크
쏴아아

이름
써놓는 거
좋은 것
같아.
이름을
기억한다는 건
상대방을
존중하는 거랬어.
그게 관계의
시작이래.

후두둑
토독
토독
내 이름 기억 못 하던 사람들이 떠오르는군.
듣고 보니 맞는 말이네.
그치?
흙냄새가 어마어마해.
개운해 보인다. 이 정도로 주면 되겠지?
이제 그럼 물 잠근다?

그 보들보들한 티셔츠 주라.
너부터 씻어. 난 설거지하고 씻을게.

12화. 그들의 싱그러움

흔들흔들
맴~ 맴~
타닥
맴~
타닥
무슨 소리지?
철커덕
여기가
어디더라….
하주네
집에서 잤지.
뭔 소리인가
했네.
끄응

언제 일어났어?
깼어?
흐아
뭐 하는 거야? 아침부터.
안내문 만들었어. 카페 며칠 쉬려고.
병원에 가 있어야지.
HAJU
어때? 이 정도 써놓으면 되겠지?
개인적인 사정으로 일주일간 쉽니다.
응, 깔끔하다.

엄마다.
지이잉
아직 어지러워?
응, 엄마 좀 어때?
응, 어제 온우랑 집에 같이 왔어.
수건이랑 속옷? 응, 알았어.
점심 전에 갈게요. 갈 거야!
드륵
훅~
아!

숲 냄새가 나잖아?
어젯밤이랑 느낌이 완전히 달라.
뭔가… 싱그러움으로 꽉 차 있네.
이래서 아줌마가 식물을 키우시는구나.

미용실의
할머니도
그런 걸까?
이런 기분을
매일 느낀다면
힘이 날 것 같아.
서빈이도
왔으면
좋아했겠다.
응, 드라마
보지 말고
쉬고 있어.
아줌마는
뭐라셔?
몸은 좀
어떠시대?

좀 어지러운
거 빼곤
괜찮나 봐.
에휴~
이상하다.
내가 엄마
보호자가 됐네.
흠….
서둘러야지!
아침 먹자!
커피 마실
거지?
벌떡
깜짝아

커피 뜨겁게? 차갑게?
식빵이랑 시리얼 있어.
계란도 먹을까?
쏴
커피는 따뜻하게 마실래!
식빵이랑 스크램블?
스크램블은 내가 할까?
내가 할게. 금방 해.
엄마 것도 싸야겠다.
보온병이 어딨더라?
보온병? 오른쪽 싱크대 맨 밑을 열어봐.
오? 있다. 어떻게 알았어?

여기 사시나 봐요.
저번에 내가 거기 뒀었어. 그 후로 안 썼나 보네.
커피 향 좋다~
똑
똑
APLE yrup
커피만 잔에 따라줄래?
컵 이거 쓴다?
잘 먹겠습니다!

드립 커피
오랜만이네.
향 좋다.
호록
따뜻한
커피는
드립이 좋아.
이건 원두가
어디 거야?
콜롬비아
나리뇨.
엄마가
신맛 없는걸
찾아서.
이건
좋아해.
나도 이걸로
사다 줘.
스페셜티라
좀 비싸.

오물
오물
병원에서 뭐 필요한 거 생기면
언제든지 전화해.
알았지?
와앙
응…! 맨날 할게!

13화. 상긋한 향기래요

띠롱~
mail
mail.poople.com/mail.u/
[출간제의 드립니다.]
양복춘 <gardener_
서빈 편집자님께.
안녕하세요. 정원사 복춘입니다.
보내주신 메일을 살펴보았습니다
성심껏 제안 주셔서 감사합니다.
일이 진행되기 전에, 서빈 편집자님이
정원을 둘러보시면 어떨까 합니다.
시간이 괜찮으시다면 6월 22일
금요일 오후에 방문해주시어요.
고려해보시고 답신을 부탁드립니다.
복춘 드림.
강릉까지 가야 하나?
가야겠지. 계약서를 챙기고….
06
어디 보자, 6월 22일이면…

금요일이네.
오전 일찍
출발해서
FRI
SAT
정원 둘러보고
오후 세 시쯤
나오면…
저녁에는
서울에 도착할
수 있겠군.
척
금요일이라
다행이다.
다행인가…?
대리님~
강릉 가실
거죠?!
네. 초대해
주셨으니
가봐야겠죠?
저도 그 정원 꼭
가보고 싶었는데!

응?
좋은 냄새!!!
우와~ 잎에서 이런 향기가 나요?
킁킁
익숙한 냄샌데… 뭐지?
Beso
아, 향기가 좋아서….
구문초래요. 그 식물 이름이.

구문초요? 어려운 이름이네.
새로 사셨어요?
원래 없었던 것 같은데.
선물 받았어요.
민우 씨는 무민 작가님 마감이랑
강릉 가는 날짜랑 겹치지 않나요?
앗, 네…
복춘 작가님은 우선 저 혼자 뵙고 올게요.
네… 알겠습니다.

같이 가자고
할 걸 그랬나?
신경
쓰이네.
털썩
톡톡톡
그럼 강릉에서
뵈어요.
감사합니다.
정서빈 드림.
보내
답신은
보냈고.

쓰담
쓰담
이런 향기라면 얼마든지 맡고 있을 수 있지….
이왕 가는 거 향기로운 식물이 많으면 좋겠다.

퇴근길
오늘 하루가 기네…
저녁은 배달시킬까.
파란불로
바뀌었습니다.
응?
민우 씨
잖아?
무슨 얘기를
저렇게 하는
거지?

감사합니다. 안녕히 계세요~
킁킁
물어보더니 결국 샀군.
저래 좋을까~
건너가도 좋습니다.
그것이 바로 상긋한 향기래요.

14화. 하고 싶은 이야기

어디 보자….
다육이들 그리는 건 좋은데
다육도감
그냥 이렇게 무작정 그려도 되나?

다육
도감
좋은 거에 더해서
하고 싶은 이야기…
하고 싶은
이야기를
찾아야 해.
뭐가
있을까?
흐음,
전혀
(난장판~)
떠오르지
않잖아?
집은
엉망진창이고…
나가야겠어.
바람 쐬고 걷다
보면 뭔가
떠오를 거야.

우와, 이제 진짜 여름 같네.
언제 나뭇잎들이 이렇게 무성해졌을꼬?
~♫♪~
나오니까 시원하다~
커피나 한잔 마시고 들어갈까?
컷과 파마의 집
태양미용

엇! 저번에 그….
꽃과 파마의 집
꾸벅
꽃과 파마의 집
들.어.와.요.
꽃과 파마의 집
네? 들어오라고요?
들어가, 말어?
다육이 이름이 궁금하기는 한데….

안녕 하세요~
시간이 괜찮으면 차 마실라우?
차요?
그래서 부르신 거예요?
갑자기 차를…?
녹차를 우리던 참이거든. 녹차 좋아하려나?
녹차…요? 싫어하지는 않지만….
커피를 마시려 했는데…
종교 권유는 아니겠지?
여기 앉아요. 오래 붙잡지 않어~

그럼
조금만 있다 갈게요.
저번에 산 구문초는
잘 살고 있수?
구문초요?!
아… 그건 친구한테 선물한 거라
조르륵
잘 모르겠어요.
원장님은 어디 가셨나 봐요.
잠깐 은행에. 온다던 손님이 안 온다대~

그래서 내가 자리를 지키고 있었지.
조로록
앙증맞은 잔이다.
자, 들어요.
감사 합니다~
잔이 손에 착 감기네… .
어디…

!
녹차가 이런 맛이라고?!
맛이 괜찮아요?
녹차가…! 원래 이런 맛인가요?
티백이랑 너무 다른데요?!
호록
녹차를 잘 우리면 향긋하지~
이것도 아주 상품은 아니지만.
햐! 좋네요~

들어오길
잘했어요.
더 마셔요~
내일은
덥겠습니다.
한낮에는
30도까지
오르겠는데요.
여기 꼭 온실
같아요.
온실에서
차를 마시는
기분이에요.

내 온실이지.
얘네
돌보느라
공부도 하고
시간 많이 들였거든.
2023
6
참, 댁은
이름이?
이름요? 저는
윤온우라고 합니다.
윤 씨구만.
온우라~
나는
현덕이오,
정현덕.
이름의 덕이
식물에게
갔나 봐.
그래서 식물을
많이 키우시나
봐요.

사람들이 가져오거든.
시들해진 애들을
살려달라고 가지고 와.
여가 볕이 잘 들어서 그런가, 오면 또 살데?
하루에도 몇 번씩 환기하고.
그럼 또 다른 이가 어디서 식물을 가지고 와.
호오, 재능이 있으신가 봐요.
저도 집에 작은 다육이 몇 개가 있는데…
이름을 찾아도 모르겠어요.
저기 창 앞에 놓인 거랑 같은 건데….

응?
어느 거요?
잎이
동글동글하게
생겼어요.
이거?
이거?
네! 그 밑에
있는 거요.
이거~ 녹구란,
녹귀란. 그리
부르데?
초록색 알.
이렇게 외우면
금방 알지.
초록색 알?
이름이
귀여워요.
잎 모양이 달걀
같이 동글동글~
하잖아.

엇그제 물을 줬더니 잎이 아주 통통해졌어.
물을 꽉 잡고 몸에 흡수시켜 놓은 거라~
아, 그래서! 탱글탱글하네요.
물이 귀한 곳에서 와서, 그런 습성이 있는 거지.
기를 쓰고 버틴 거야, 얘네들도. 기특하지.
예뻐라.
내가 너무 붙잡아 두었나?
아니요~ 재밌어요!
더 얘기해주세요!

15화. 차분해지는 곳

1234
도착했
다고
전화를
드리자.
선생님
안녕하세요!
저 지금
버스에서
내렸습니다.
어디쯤
계실까요?
강릉행
빵!
여깁니다!
아! 네~
차로
가겠습니다.

끙
차가 꽤 높지요?
오시느라 애쓰셨어요.
에고, 마중 나와주셔서 고맙습니다.
그럼 가볼까요?
부-웅
대뜸 먼 길 오라고 해서 당황했죠?

아…
아닙니다.
가봐야겠다고
생각했어요.
서빈 님이 주신
메일을 읽고
초대하고
싶었어요.
같이 작업하는데
얼굴도 모르는 건
마음에
걸려서요.

사진을 봐서 그런지
뵈었던 분 같아요.
그래요? 어떻게,
실물이 나은가요?
아 참, 이거 드세요.
아침도 못 먹고 오실 것 같아서.
어머, 젓가락을 깜박했다!

인절미네요?!
인절미 좋아해요.
그게 취나물로 만든 인절미예요.
향이 있어서 입에 맞을지는 모르겠지만,
내 입에는 맛있더라고요.
잘 먹겠습니다.
맛있다!
괜찮아요?

네! 향이
무척 진하고…
맛있어요.
다행이네요.
부웅
이곳이에요.
터미널이랑
약간 거리가
있죠?
응?
이쪽으로
들어오세요.

엄청나게 상쾌한 공기,
풀이랑 나무 냄새…
쓰읍
얼마 만에 이런 공기를 마셔보는 거지….
도시락 용기는 여기 두고
바로 정원으로 갈까요?
네!
풀이 많아서 낮에도 모기가 많아요.

이쪽은 허브가 많고 이쪽은 다년생 식물들.
분명하지는 않아도
구획을 나누어 놨어요.
장미가 한창이었는데 이제 거의 졌어요.
장마가 지나면
가을 장미로 또 볼 수 있지요.
장미도 종류가 많구나.
색도 다르고.
에잇! 모기!
어디, 향도 다른가?
킁킁

얘는 어쩐지 구문초 향기랑 비슷한 것 같네?
향기 좋죠? 이 장미도 맡아봐요.
향이 또 달라요.
어때요?
복숭아 같은 과일 향이 나네요?
달콤한 냄새가 나요.
코가 좋으시네.
톡
저는 향기가 있는 식물로 정원을 채우는 걸 좋아해요.

향기를
맡으면
침착해질 수
있거든요.
난 좀
침착해져야 하는
사람이라~
허브도 설명을
드릴까요?
네!
천천히
알려주세요.
네,
천천히~

홋카이도 식물원에서 만난 장미들

장미 사이를 느긋하게 걸어다니며
지그시
조용히 장미를 바라보는 사람들이었어요.
RED DEVIL
다른 시공간에 슬쩍 도착했다는 느낌을 받았지요.
찰칵찰칵
크윽, 시간만 더 있었으면….
그 순간이 잊혀지지 않아 저는 언젠가 또 홋카이도 식물원에 갈 예정입니다.
6월 경에 장미를 볼 수 있었습니다~
삿포로 여행 계획이 있다면 들러보세요!

<기억나는 장미들>

레드데빌

선명한 다홍 + 자줏빛 꽃잎.
자주색을 띤 줄기.
아주 강하고 짙은 향기!

베티나

석양의 주홍빛을 닮은 꽃잎 색.
복숭아 같이 달콤하고 상큼한 과일
향기가 물씬~

슈퍼스타

확연히 큰 꽃의 크기!
꽃잎이 풍성하고 균형감이 좋아 보임!
향기는 기억이 안 나요…

아이스버그

하얀색 장미만의
잔잔한 아름다움!
수수한 느낌처럼 향기도 조용~

16화. 보고 또 보고

이제 도만 나오면 되나?
뜸 들이지 말고~!
얼른 던져!
초여름의 윷놀이라!
얼래? 빽도가 뭐셔!
저것도 꽤 괜찮아 보이네.
104
누구 세요?
나야, 온우~

안 신는 신발은
장에 딱딱
넣으라니까~
안녕하셨어요!
문은 닫을까요?
오~ 온우
왔구나!
응~
몸은 좀
어떠세요?
삐걱
많이
좋아졌지.
들어와~
간만에 왔네
왔어?
배고파?
슝
응!
출출해~
뭐 해?
냄새
좋은데?

바삭 감자전~!
밖에 덥지?
꽤 더워요. 여기 맥주!
시원하게 지금 마실래?
그럴까요?
잔 줄게! 엄마는?
난 그냥 캔으로 마실래.
온우 여기 앉아라.
퇴원 축하드립니다~
짠~
너네도 빗길 조심해라~

엄마. 비 오면 보도블록 경계석 밟지 마.
그거 진짜 미끄러워. 눈 올 때도.
몇 번을 얘기하니?
저도 예전에 넘어질 뻔 했어요.
비 오는 날은 서두르지도 말고!
늦어버려!
알았지?!
예~ 명심하겠사옵니다~
맥주 마시니 살 것 같네.
병원에서 생각나더라.
물리 치료는 받고 계세요?

응. 일주일에 두 번 받고 있지.
근데 이제
안 가도 될 것 같아.
가면 시원하다며!
한 달은 더 다녀~
감자전 몇 장 더 먹을 거야?
비빔국수도 할 건데~
갈아놓은 건 다 부쳐버려~ 바삭하게~
잘 먹겠습니다!
툭
초간장 줄까?
바삭하게 잘 부쳤네.

맛있다!
하주 감자전 오랜만이다!
음냠
온우 많이 먹어라.
요즘 어찌 지냈니? 작업실이 없어졌다며.
네, 집에서 일하고 있는데…
슬슬 찾아봐야죠.
온우 요즘에 식물 그림 그려.
다육 식물들~
여기 초간장
그래?

온우가 그리는 식물 그림 궁금하네~
헤헤
어쩌다 다육 식물 그릴 생각을 했어?
온우 계정이…
이런 그림이야. 멋지지?!
어디 보자.
지그시

정말요?
좋은걸?
그렇지? 좋다 니까~
저번에 처음으로 분갈이를 했거든요.
작은 다육이들 이요.
잘했네.
그랬는데~
크크크 잘했대.
분갈이를 하고 나니까

그게
뭐라고
뿌듯하고.
그려보고
싶었어요.
좋아하니까
그리게 되었다,
이 말이네~
맞아요!
좋아졌어요!
조심해.
엄마처럼
식물 늘리면
힘들다~
힘들기는!
많으면
좋지.
나도 온실이
가지고
싶다구~

절레
절레
아줌마는 어쩌다 식물이 좋아졌어요?
언제 부터요?
나? 나는 아주 명확한 이유가 있지.
뭔데?!
뭐예요?
알고 싶어?
네! 알고 싶어요~
뭔데~
그냥 빨리 얘기해~
광.합.성.
광합성 때문이야.

식물은 무기물을 당으로
만들 수 있다구!
푸핫
정말 이과 선생님 같아.
광합성은 지금도 사람이 흉내 낼 수 없는 고차원적인 기술이야!
그래서 푸른 잎사귀를 보면서~
식물의 멋짐을 감상하는 거지.
이상해~ 광합성을 떠올린다고?
이제 국수 한다?!
결국에는 보고 있으면 좋다는 거네요?
맞아! 하하하!

세 친구의 여름 나기

슥슥슥
아이스 아메리카노
여섯 잔
나왔습니다~
캬~
모기 있다!

17화. 잘 키워볼게요

3개월 후
날이 차츰 선선해지겠습니다.

끄응….
오후부터는 가을을
부르는 비가
내리겠습니다.

으…
목 아파.
공기
건조하다고
바로 아프냐.
현덕
할머니가
우려준
녹차
마시고
싶다.
티백은
왜 맛이
다를까?
일어나자.
누워 있으면
계속 처져.
우산을
준비하는 게
좋겠습니다.
비가
온다고?
부스스
다음주
에는…

쪼르륵
티백 녹차라도 마셔야지.
茶
따뜻해.
茶
힘도 없고…
오늘은 목욕탕에 가야겠어.
샴푸랑 린스, 타월이랑
오랜만에 팩도 할까?

쿠르릉~
하늘이 어두컴컴 하네….
콸콸
하이고, 녹는다~ 녹아~
55번요!
콸콸
콸콸
커다란 탕 좋네…오길 잘했어.
두꺼비는 왜 저기 있는 걸까

사우나
윽!
우산을
안 챙겼네.
꽤
쏟아지네…
기껏 씻었는데
비를 맞게
생겼잖아?
훌렁
빨리 걷자.
철퍽

임대문의
010-00XX-X00X
힐끗
임대문의
010-00XX-X00X
응?
임대?!
앗
꾸벅
어째
우산도 없이
다녀요?

깜빡했어요.
우산 많으니까 하나 들고 가.
어여 들어와요
나중에 꼭 돌려드릴게요!
그런데 가게 내놓으셨어요?
응, 우리 이사 가요~
가게는 내놨는데 …
보러만 오고 아직 소식이 없네.
뒤적
어… 어디로 가세요?
우리 동생이 부여 살거든.
부여로 가요.
이게 좋겠네

이거 쓰고 가요.
아이구, 감사합니다~
이사 가실 때 식물 화분들
옮기는 것도 큰일이겠어요.
큰일이지. 그래서 주변 사람들한테
얼마간 맡겨두고 갈 거예요.
그러시군요 …

온우 씨도
하나
가져갈래요?
지금 들고
갈 만한 걸로
골라봐요.
정말요?
저한테
주셔도
괜찮아요?
응, 잘만
키워줘요.
꽃과
파마의
집
태양미용실
임대문의
흠… 뭐가
좋을까.
어떤 다육이가
튼튼할까요?

어떤 게 튼튼하냐고?
보자… 그럼 구륜탑으로 해야겠네.
구륜…?
구.륜.탑! 요렇게 층층이
탑을 쌓는 것처럼 자라요.
얘가 아주 강건하더라고.
옆으로 자구도 많이 나고.
호… 좋아요! 잘 키워볼게요.
근데 이름이…?
구~륜~탑! 벌써 잊음 어떡하나~
여기 담아가요.

부스럭
가서 잘 살아라~
우산 꼭 가져다 드릴게요!
그래요~
감사 합니다!
멈칫

저… 제가 요즘 다육이를 그리고 있거든요.
그림 그리는 일을 해서요.
오늘 주신 구륜탑도 그려서
나중에 보여드릴게요!
빨리 보여줘야겠어~
이사 가기 전에~
예!
서둘러볼게요!

슥슥
흐음

어디 보자.
괜찮은가?
마음에 드나?
흠!
좋아! 계속 이렇게
그리면 되겠어.

wise_succulent

wise_succulent

갈색 엄지를 가진 사람이 돌보기 쉬운 녹구란.
녹귀란이라고도 불려. 여름에 크는 것을 좋아해.
이따금 물을 주면 동그란 잎이 통통해진다.
물을 머금어 통통해진 잎을 보고 있으면
내 마음도 같이 동그랗게 차올라.

#sedum_hernandezii

wise_succulent
wise_succulent
구륜탑. 누군가는 탑을 떠올리고 누군가는
발톱을 떠올려. 단단한 잎의 모양이 여러
모습을 떠올리게 하나 봐. 나는 잎을 보고
있으면 뾰족한 독수리의 부리가 떠올라.
#haworthia_coarctata

18화. 여기도 거기도

COFFEE
쉬어갑니
CLOSE
그래서,
거기가
매물로
나왔어?
응, 신기하지?
근데 없어진다니
아쉽기도 하고.
주륵
꾹
권리금은
없으려나?
권리금?
확인해봐야
겠네….

같이 가보자.
상태가 어떤지도
봐야지.
예뻐라
건물 너무
오래됐으면
손볼 게 많아져.
화장실은
어떠려나?
아니다 싶으면
딴 곳도
생각하고.
잘
구워져라~
휴~ 커피
마실래?
응!

드립 커피 나왔습니다.
뭐 해?
카드도 드리려고.
이런 거 너무 오랜만에 써본다.
거기가 왜 좋았어?
염색하러 갔다고 했잖아?
근데, 미용실에 들어서자마자
마음이

편했어?
응, 엄청!
그건 중요하지.
나도 가서
볼게.
삐리릭!
근처에
맛집은
있어?
벌써
다 됐나?
색깔 좋네~
잘 구워졌어.

이거 먹어봐도 돼?
한 김 식히고 먹어야 하는데.
이사 전에 공간을 많이 보러 다녀도
결국에는 마음이 편해지는 곳을 가게 되더라고.
조건만 맞으면.
여기도 그랬어?
응!
이거 먹어봐.
뜨겁다~
냄새 좋다!

쫀득하면서
포슬포슬하니~
맛있어!
자주
만들어라.
여름에 너무
더워서
못 했어.
음...
맛있군
다시
개시해야지.
조금 더
식히고
포장해야 해.
알겠어!
기다릴게.
예쁘게 싸줘~
정성스럽게~
알겠습
니다~
계산은?

19화. 이어지는 마음

찌개
가져가요~
드라마
틀어주랴?
지금 몇 시지?
9번으로
틀어주세요.
조기 가시가
자잘하네.
꼭꼭 씹어
드세요~
임대문의
010-00XX-X00X

임대문의
010-00XX-XOOX
식사 하고 계신 걸까?
어쩌지? 들어가? 말아?
빨리 드리고 후다닥 나오자.
저…
안녕 하세요~
어? 지금 식사 중이라
삼십 분만 있다 오시겠어요?
그게…

현덕 할머니께 드릴 것이 있어서 왔어요.
응? 엄마 한테?
나한테?
무얼 주려고? 저녁은 먹었나? 거기 앉아요.
별건 아니지만 ….
식사 중에 죄송해요~
천천히 먹으면 돼~
그래, 어쩐 일로 왔나?
친구가 구운 마들렌이에요.
다과예요
차 마실 때 같이 드시라고요.

어이구~ 다과로구만.
마드렌?
마들렌이요~
저번에 주신 다육이 보답이에요.
불쑥
어유~ 예뻐라~
친구가 솜씨가 좋네~
젊은 친구가 챙겨주기도 하고~
엄만 좋으시겠어~
헤헤, 같이 드세요~
곧 있으면 보기가 어렵겠어~

곧?
임대 문의는 아직 붙어 있던데…
이사 날짜가 정해졌나요?
응, 날이 잡혔어요.
저쪽에 먼저 들어가게 돼서요.
이삿날이 다음 달 22일인가? 맞네, 22일.
그렇군요….
이렇게 금방 가실 줄은 몰랐어요.
우리도 몰랐지~

여기서 오래 장사를 해서 아쉽기도 하고
후련하기도 하고 그래요.
정들었지, 뭐.
식사 마저 하세요!
저는 이만 가보겠습니다.
우산 여기…
그래요.
와줘서 고마워요.
이사 잘 마치시고요.
안녕히 지내세요~

조심해서 가요.
마들렌 잘 먹을게요.
꾸벅
응? 이건 또 뭐지?
뭐가 또 있어?
작은 박스가 하나 더 있네요?
구륜탑이구만!

20화. 견디는 시간

이 경로로
가면 되겠어.
세 시간 정도
걸리겠네…
모의주행
커피를
못 샀다.
짐이 한
보따리네!
꾸벅
저렇게까지
챙길 게 있나?

대리님, 일찍 오셨네요! 트렁크 좀 열어주세요~
안녕하세요~ 네, 열게요.
아침 식사는 하셨어요?
쿵
깜짝
읏차
카메라 챙기니 짐이 많아졌어요.
가다 먹을 간식거리도 좀 챙겼죠~
네에.

세 시간 정도 걸릴 것 같아요. 출발할게요.
아! 잠깐
출발하기 전에
커피 한 모금 하세요.
원두 맛있는 데 가서 사왔어요.
운전하려면 카페인 충전하셔야죠~
아! 네, 아직 커피 못 마셨는데!
뜨거워요.
산미가 좀 있는데 입에 맞으실지
모르겠어요. 어때요?
후룩

음! 향기가 좋네요. 고맙습니다.
역시 향이 강한 커피를 좋아하시네요!
그리고 이건 유부초밥요.
싸느라 새벽에 일어났네요.
유부초밥요?
아침 일찍 움직이니까
뭐라도 먹고 가야죠~
젓가락 드릴까요?
그럼 하나만 먹을게요.
네~ 이따 또 드세요.

제법이네….
그러고 보니
저번에는
작가님이
아침을
챙겨주셨어.
티슈
드릴까요?
앙
손수건
있어서
괜찮아요.
더 늦기 전에
출발할게요.
가면서 마저
먹어요.
네~
출발!
부웅
부웅

끄응~
쭈욱
오오~ 멋진 곳이네요!
그렇게 춥지도 않고요.
운전하느라 힘드셨죠?
중간에 한 번 쉴 걸 그랬나 봐요.
괜찮아요
와~
안녕들 하셨어요!
오랜만입니다. 들어오세요.
드륵
다시 뵙네요, 선생님.
이쪽은 책을 같이 맡은,

민우 씨! 인사드려야죠!
앗! 죄송합니다!
못보던 식물이 있어서…
후다닥
민우 씨가 사진 촬영을 맡았어요.
안녕하세요! 정원에 꼭 와보고 싶었습니다.
예상보다 더 멋지네요!
주민우 라고 합니다.
정원 돌보느라 손이 많이 가시죠?
말도 못 하죠. 마실 것 좀 드릴까요?

오면서
커피를 많이
마셨어요.
그럼 지금 빛이
좋은데 사진을
바로 찍을까요?
오후에 소나기
소식이 있어요.
예, 그럼 바로
준비하겠습니다!
가방은 이쪽에
두면 돼요.
서빈 씨는
바구니 하나만
들어주실래요?
네!
저벅
저벅

오늘은 구근을 심을 거예요.
구근? 구근이 뭔가요?
구근은 둥글게 생긴 뿌리를 말해요. 알뿌리라고도 하고.
흙을 좀 깊게 팔 거예요.
이렇게 땅속에 심어두고 겨울을 나면
쓰담
봄에 꽃이 올라오죠.
튤립처럼요?
맞아요.

튤립, 수선화, 크로커스, 무스카리…
이런 봄꽃들은 겨울 추위를 겪어야
꽃이 필 때구나 알아차리거든요. 신통하죠?
얘는 백합 구근이에요. 키가 크게 자라니까
찰칵찰칵
아까보다 더 깊게 묻어줘야 해요.
뿌리가 깊게 박혀 있어야 쓰러지지 않겠죠?
찰칵

선생님, 저도 심어볼 수 있을까요?
저도요!
얼마든지요! 이 바구니 안에 있는 구근을 몽땅 심어야 해요.
살살 덮고…
이 정도 파면 되나요?
조금 더 파세요!
오랜만에 이런 걸 해보네요. 흙을 만지는 게 얼마만인지.
재밌죠?
내년 봄에 다시 오세요.
꽃이 올라왔나 보러 오겠습니다!
…

구근을 심어보세요!

예전에 짧게 정원사 수업을 들었을 때
이야기를 살짝 해볼게요.
도시정원 실습학교
+정원 문화의 이해
가드닝이란 무엇일까요?
벌써 몇 년 전의 일이지만, 기억에
선명히 남은 시간이 있어요.
저는 농사 지을 때 풀이랑 싸우다 졌습니다.
풀은 못 이겨요~ 하하하~
웃음이 많으시네….
정원 식물 중 구근(알뿌리)에 대해
배운 날이었지요.
구근에는 가을에 심는 추식 구근과
봄철에 심는 춘식 구근이 있습니다.
여러 종류의 구근을 직접 보고 만질 수
있었어요.
카라 구근
아마릴리스 구근
글라디올러스 구근
백합 구근

크기와 무게가 구근마다
달랐는데도 불구하고
비정형 구근은
'괴근'이라고
부르더군요
손바닥에 올려두었을 때 왠지
따뜻한 느낌이 전해졌어요.
바깥으로 나가 간단한 실습도 해봤어요.
카라.
이 구근은 그냥
심으면 됩니다.
(완전 대충 찔러둠)
푹
어려울 것
없죠?
하하하~!
코스트코에서도
구근 팝니다.
각자 집에 가서
심어보세요.
식물을 돌보는 건
본인이 즐거워야
합니다.
역시 그렇겠죠?

21화. 익숙해질 거야

쏴아아
이 정도면 됐지?
응, 충분해~ 그 정도면.
끼익
아휴, 시원해~

짠!
분부대로 죄다 물을 주었습니다!
잘했다. 따봉~
푸슉
커피 내릴 건데 엄마도 줄까?
위잉
푸슉
푸슉
응~ 연하게.
저녁 먹기 전에 올게.
뭐 먹을까?
추우니까 샤부샤부 해서 먹을까?
배추랑 버섯이 들어가야 맛있어.
배추랑 버섯? 알겠어, 다녀 올게!
목도리 하고 가
여기
지잉

절인
배추
배송
갯벌
소금!
배추
부웅
커피 배달
왔습니다~
똑똑
Pai
왔어?
오…?
깔끔하게 잘
칠했네?
커피
여기!
어떤 것
같아?

빛도 잘 들고… 색도 좋고… 창틀이 좀 추우려나…
흐음
어때? 응?
예상보다 양호해!
깨끗해!
페인트 색도 잘 골랐어.
빙그르르
그렇지?
거울은 어쩔 거야?
뗄까 했는데
뭐든 활용할 수 있을 것 같아.
그냥 두려고.
흔들
춤 연습해도 되겠다.
흔들

얘네는 벌써 이사했네?
추워지는데 괜찮나?
너무 허전해서 먼저 옮겼어.
식물이 많았던 곳이었잖아.
텅 비니까 허전해.

그럼 작업실
오픈 선물로 식물
사줄까?
엄마한테도
보내라고 하고.
다시 꽉 채워봐?
도리
도리
아냐,
아냐~
짐 많이 안
늘릴 거야.
적응이 덜
돼서 그래.
막막하지?
막상
들어오니까
어쩌지…
걱정만 돼.
빈 공간에 오면
그렇더라.
근데 또 쓰던
가구 들여놓고
그러면
금방
익숙해져.

익숙한 물건이 오면 적응될 거야.
시간 지나면 여기도 좁게 느껴질걸?
그럴까나~
아! 보여줄 거 있어.
뭐야?
따라와 봐.
신발 벗어야 해.
방은 따뜻하네?
카페도 방 있으면 좋겠다.
드륵

뒷마당이 있더라구.
나무도 있어.
오! 옛날 생각난다.
이런 집들 있었는데~
누가 관리하는 거지?
아직 모르겠어.
엄마랑 샤부샤부 해 먹기로 했는데 갈래?
응!! 버섯이랑 배추 사자!

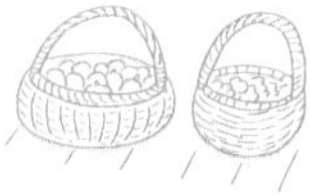

22화. 식물과 그림의 집

식물과 그림의 집

여기 박스
다 책이지?
맞아.
그거 무거워!
같이 들자.
괜찮아,
이 정도는.
얘는 어디에다
둘 거야?
그건
방으로!
짐이
이렇게
많았었나?
이사 오기 전에
책 정리를
했어야….
이건 남기고…
이건 헌책…
이건… 버려!

요즘 계정에 그림이 안 올라오던데~
이사 준비하느라 바빴지?
맞아. 근데 이사 준비도 그렇고
그리고는 있는데
제대로 하는 건지~ 뭔지~
모르겠어, 어려워.

서빈아, 네가 한번 봐줄래?
봐줄 사람이 필요해.
홱
보여줘. 그림 좋더라.
정말? 진짜로? 내 앞이라 좋은 말 하는 거 아니지?
응, 그리고 짧은 글도 계속 써봐.
동그랗게 마음이 차오른단 얘기 같은 거.
응! 글 쓰는 것도 계속 해볼게!
커피 사왔다~

으~~
추워!!
덜덜덜
추운데 차가운
걸 왜 마셔?
빈혈인가?
얼음이
땡기네.
쪽
삐빅
추울 때 들을
음악이 있지~
라뻠뻠뻠~
피너츠
캐럴 앨범?
올해도 다
갔구나.
북 치는
노래?
커피가 왜
이래?
이 시간에
여는 카페가
별로 없어.
전에, 여기
미용실에 오면
라디오 소리가
들렸어.

라디오 소리 들으니까 마음이 편해지더라?
어렸을 때 생각도 나고.
엄마도 그래서 약국에서 맨날 라디오 틀어놓잖아.
사람 목소리가 들려야 덜 적적하다고.
부스럭
자, 선물 증정 시간! 작업실 이전 축하합니다~
탁
이건 엄마가 전해달래.
갑자기? 잠깐만, 내 것도 있어~
부스럭
우와~ 뭐지~

여기! 고르느라 힘들었네.
바로 뜯어보겠습니다~
와! 이거 사고 싶었어!
바스락 바스락
BASIL
COFFEE
aroma gift
뭐야! 누가 준 건지 딱 알겠어!
큭큭
꼭 필요한 것들이네요.
정리는 밥 좀 먹고 마저 할까?
뭐 먹을래?

이삿날은 짜장면 먹어야지.
요리는 뭘로 할까나?
짬뽕도 시켜줘.
탕수육? 양장피?
고량주도?
다 시켜!
너무 배불러~
남은 거 내가 다 먹는다?
더는 못 먹어~

에필로그

포도송이
같아! 엄청
올라왔어!
여기도!
튤립 색
좀 봐!
저 꽃은
뭐야?
진짜
올라왔네…?
신기해~
진짜
예쁘다~
구근이 아직
다 올라온 건
아니에요.
그래도
화사하죠?

네! 예쁘고 신기하고 놀라워요.
수식어가 많기도 하다.
매년 봐도 또 놀라워요.
어느 날 갑자기 팍! 하고 봄이
터지듯이 피어나거든요.
구경하고 들어와요!
웰컴 티 마셔요.
네! 조금만 더 보고 가겠습니다.
향기? 이 꽃에서?
여기서 향기 난다?

향기 나?
난 코 막혔어.
킁킁
엄청 강해!
꽃 향기도 나는데!
찰칵
땅에서 올라오는 흙냄새도 엄청 좋아.
흙냄새 맡아봐
그러네
안 춥냐고~

아구~ 이제 가자
주섬
그럼 들어갈까? 손 씻고 싶어.
찰칵
이제 조금 알겠어.
뭘?
흙냄새?
사람들이 식물을 왜 좋아하는지.
이제야?!
식물 집사가 한 명 더 늘었군.

사이사이 풀풀의 이야기는 여기까지!

The End.

작가의 말

길을 걸을 때 무엇을 보고 다니시나요? 저는 전작인 『식물생활』을 그리고 난 뒤 부쩍 가게 안팎의 식물, 화분들에 눈이 가게 되었어요. 얼마나 많이 봤는지 적당한 자리에 놓인 식물들의 상태를 보고 있으면 '이 식당은 가도 좋겠다', '여기는 들어가고 싶지 않네' 같은 작은 결정을 내리는 지경에 이르렀어요. 서투른 판단일 수도 있지만, 말이 없는 그들에게 쏟는 작은 수고가 음식이나 서비스에도 투영되어 있다고 생각하거든요.

몇 년 전, 작은 동네를 거닐다 어느 미용실이 눈에 들어왔어요. 그 미용실에는 정말 많은 식물들이 자리를 잡고 있었습니다. 세상에나… 그 식물들은 마치 식물원의 온실에서나 봄직한 생생하고 멋진 상태였어요. 압도적인 그 광경 앞에서 매우 궁금해졌습니다. 도대체 누가 이렇게 식물을 잘 기르는 것인가. 식물을 돌보는 사람에 대한 호기심과 궁금증에서 이 책, 『사이사이 풀풀』의 이야기는 시작되었습니다.

한데, 이 이야기가 책으로 묶이기까지는 시간이 꽤 걸렸습니다. 느릿느릿하고 서툰 사람이 무언갈 완성하기가 참 어려워서요. 진행이 지지부진하고, 이야기를 잊고 지냈던 시간이 길었습니다. 그럼에도 이야기의 씨앗이 마음속에서 살아남아 온우, 하주, 서빈 세 친구를 마주할 수 있게 되었네요.

이야기 속에서 식물과 인물이 묶이는 모습을 보며 떠올리곤 했어요. 우리 안에 있을 식물과 사람의 연결 고리를요. 이 책이 여러분께 가닿아 그 연결 고리를 만들거나, 떠올리게 한다면 무척 기쁠 것 같아요.

온우, 하주, 서빈의 사이사이에 식물들이 들어서듯, 여러분의 시간에도 사이사이 식물이 함께하기를 바라요.

읽어주셔서 감사합니다.
난초 드림.

thanks to

책이 만들어지기까지 애써주신 자기만의 방 팀, 디자인 이프,
콘티 체크에 힘써주신 재민 님께 감사의 마음을 전합니다.

Editor's letter

식물이 자라나듯, 천천히 오랜 시간을 들여 만든 책입니다. 읽는 동안 내 옆에 풀이 자라나는 기분, 식물의 싱그러움을 느끼시면 좋겠다는 마음으로요. 어떤 계절에 읽더라도 책을 펼치면 여러분의 마음에 초록이 자라날 거라는 작은 확신을 전합니다. 세 주인공의 이야기를 읽는 것이 제겐 회복과 충전의 시간이 되었어요. 그 초록 기쁨을 주민 여러분께서도 꼭 누리셨으면 좋겠습니다. **현**

저는 아직도 퇴근하면 만화방으로 다시 출근 도장을 찍는, '만화광'입니다. 만화는 매력적인 캐릭터와 성장 서사, 그 사이사이 깨달음도 얻는! 그런 맛으로 읽는 것이죠. 아, 물론 재미는 기본이고요. 『사이사이 풀풀』을 읽는 내내 이 모든 것이 똑 떨어지더라고요. 온우, 하주, 서빈 이 세 친구의 작은 면면이 식물처럼 조금씩 자라나는 걸 지켜보는 게 정말 행복했어요. 그리고 무엇보다, 이 책은 재밌습니다(진지). 만화를 좋아하는 주민님들에게, 식물을 조금씩 알아가는 중인 주민님들에게 제 만화 인생을 걸고 추천할게요! **령**

사이사이 풀풀

1판 1쇄 발행일 2023년 11월 6일

지은이 안난초
발행인 김학원
발행처 (주)휴머니스트출판그룹
출판등록 제313-2007-000007호(2007년 1월 5일)
주소 (03991) 서울시 마포구 동교로23길 76(연남동)
전화 02-335-4422 **팩스** 02-334-3427
저자 · 독자 서비스 humanist@humanistbooks.com
홈페이지 www.humanistbooks.com
시리즈 홈페이지 blog.naver.com/jabang2017
디자인 디자인 이프 **용지** 화인페이퍼 **인쇄** 삼조인쇄 **제본** 해피문화사

자기만의 방은 (주)휴머니스트출판그룹의 지식실용 브랜드입니다.

ISBN 979-11-7087-060-9 (03810)